AF498271

ATELIER

J.-B. CARPEAUX

EXEMPLAIRE DE M. A. BOURDELEY

PARIS 1913

53 Mlle Bouisette (Buste)
21 La Ville de Paris (Plâtre)
31 Bacchante aux vignes (Buste)
9 Lecheuse de vignots (Statuette Marbre)
40 La Candeur (Buste plâtre)
2 Ugolin et ses enfants (Groupe ~~bronze~~ terre cuite) Milieu
32 La fiancée (Buste plâtre)
13 Suzanne surprise Statuette bronze
47 Bruno Chérier (Buste plâtre)
12 Suzanne surprise Statuette plâtre
29 (De la Danse) Bacchante ATELIER aux lauriers (Buste plâtre)
43 Buste de Mme de (Plâtre)
49 Eugirard J.-B. CARPEAUX (Buste plâtre) 2e coté
16 Watteau Statue plâtre
38 Bacchante criant Buste bronze cire perdue (Epreuve unique)
46 Edouard Auger (Buste plâtre) Estrade
37 Bacchante, les yeux baissés. Buste bronze cire perdue (Epreuve unique)
52 Marquis de la Valette Buste plâtre
45 Portrait de la Palombella, Buste plâtre Milieu
48 Mater dolorosa Buste plâtre
30 Espiègle Buste modèle bronze
39 Faune Buste bronze cire perdue Epreuve unique (au milieu)
3 Le Génie de la Danse Groupe plâtre
22 ~~xxxxxxxxxxxxxxxx~~ La Confidence Groupe plâtre 2e coté Suite
5 Jeune fille à la coquille Statue plâtre (au milieu)
   modèle dont Goupil a acheté le marbre pour l'Armenien de Londres.
4 Daphnis et Chloé Groupe plâtre au mur, petit coté
7 Enfants avec palmes Groupe plâtre

44 P. d'un J. H. (Buste)

23 Figaro Statuette.

58 Buste de Jules Grévy

28 S. M. L'Impératrice protégeant les orphelins.

50 P. d'une Princesse Russe.

1 La Danse. (Groupe terre cuite originale) milieu face à l'Ugolin

(Plâtre rajouté) Rieuse aux roses. (Presqu la mienne) Sans n°

15. Valenciennes défendant Paris

55 Le Prince Impérial en grenadier. (Buste)

54 Napoléon III (Buste)

59 L'amiral Trehouart (Buste)

63 Panneau décoratif. (Fleurs Fruits.)

41 Chinois (Buste) 2. Petit coté

Vitrine 51 L'Impératrice (Buste).

14 Eve tentée (Plâtre)

26 Vénus captivant l'amour. (Groupe plâtre)

8 Pêcheuse de vignots Statuette Plâtre

56 Buste de Mme Turner. (Plâtre)

Vitrine. 11. Frileuse (Statuette marbre)

35 Rieuse napolitaine (Buste plâtre.)

27 Eve après la faute (Statuette plâtre)

34 Rieuse napolitaine (Buste plâtre) !. Frileuse (Statuette plâtre)

18 Frère et Soeur (Groupe plâtre)

19 Flore accroupie (Statuette plâtre 1. épreuve)

20 La Toilette (Statuette plâtre.)

57 Buste de Mr Turner (Plâtre)   42 Negresse Buste plâtre

Vitrine 36 Le Boudeur Buste modèle bronze   (Etude pr l'Afrique)

33 Enfant aux vignes 17 La tendresse maternelle   Groupe plâtre
buste plâtre   (Voir la suite à la fin du Cah.)

ATELIER J.-B. CARPEAUX

·

CATALOGUE

DE

SCULPTURES ORIGINALES

Par J.-B. CARPEAUX

TERRES CUITES, PLATRES, BRONZES, MARBRES

PARMI LESQUELS

LA DANSE | **UGOLIN ET SES ENFANTS**
GROUPE ORIGINAL EN TERRE CUITE | GROUPE ORIGINAL EN TERRE CUITE

GROUPES, STATUETTES, BUSTES, ETC.

DONT LA VENTE AURA LIEU A PARIS

GALERIE MANZI, JOYANT

15, rue de la Ville-l'Évêque

LE VENDREDI 30 MAI 1913

à deux heures

COMMISSAIRE-PRISEUR

Mᵉ HENRI BAUDOIN, *Successeur de M. Paul CHEVALLIER*
10, rue de la Grange-Batelière

EXPERTS

MM. DURAND-RUEL & Fils | **M. MANZI**
16, rue Laffitte | 15, rue de la Ville-l'Évêque

EXPOSITIONS

PARTICULIÈRE : ⎰ *Le Mercredi 28 Mai 1913 .* ⎰ DE 1 H. 1/2
PUBLIQUE : ⎱ *Le Jeudi 29 Mai 1913 . . .* ⎱ A 6 H.

CONDITIONS DE LA VENTE

Elle sera faite au comptant.

Les adjudicataires paieront *dix pour cent* en sus des enchères.

AVIS

Les œuvres de Carpeaux, faisant l'objet du présent Catalogue, sont vendues sans aucun droit de reproduction, en quelque matière et en quelque grandeur que ce soit.

Paris. — Imp. de l'Art, CH. BERGER, 41, rue de la Victoire.

ATELIER J.-B. CARPEAUX

400 000   1 — *La Danse* (groupe).   *(Bousquet)* 230 000
Terre cuite originale
Haut., 2 m. 20 cent.; larg., 1 m. 40 cent.

100 000   2 — *Ugolin et ses Enfants* (groupe).   90 000
Terre cuite originale.
Haut., 1 m. 80 cent.; larg., 1 m.50 cent.

40 000   3 — *Le Génie de la Danse* (groupe).   *(avec l'amour à la folie.)* 47 000
Plâtre original.
Haut., 2 m 20 cent.

4 — *Daphnis et Chloé* (groupe).   11 600
Plâtre original.
Haut., 1 m. 40 cent.

5 — *Jeune Fille à la coquille* (statue).
Plâtre original.

Haut., 1 mètre.

6 — *Amour blessé* (statue).
Modèle en bronze.

Haut., 81 cent.

7 — *Enfants avec palmes* (groupe).
Plâtre original.

Haut., 60 cent.; larg., 90 cent.

8 — *Pêcheuse de vignots* (statuette).
Plâtre original.

Haut., 74 cent.

9 — *Pêcheuse de vignots* (statuette).
Marbre.

Haut., 74 cent.

10 — *Frileuse* (statuette).
Plâtre original.

Haut., 41 cent.

11 — *Frileuse* (statuette).
Marbre.

Haut., 41 cent.

12 — *Suzanne surprise* (statuette). 6 000
Plâtre original.
Haut., 70 cent.

13 — *Suzanne surprise* (statuette). 3650
Modèle en bronze.
Haut., 70 cent.

14 — *Ève tentée.* 3200
Plâtre original.
Haut., 72 cent.

3000 15 — *La Ville de Valenciennes défendant la Patrie* (statuette). 5300
Plâtre original.
Haut., 55 cent.

16 — *Watteau* (statue). 3500
Maquette original en plâtre.
Haut., 1 m. 27 cent.

5000 17 — *La Tendresse maternelle* (groupe). 8100
Plâtre original. *Charmant.*
Haut., 45 cent.

8000 18 — *Frère et Sœur* (groupe). 8200
Plâtre original.
Haut., 68 cent.

19 — *Flore accroupie* (statuette).

Plâtre. — Première épreuve.

Haut., 52 cent.

20 — *La Toilette* (statuette).

Plâtre original.

Haut., 69 cent.

21 — *La Ville de Paris* (statuette).

Maquette originale en plâtre.

Haut., 75 cent.

22 — *La Confidence* (groupe).

Plâtre original.

Haut., 95 cent.

23 — *Figaro* (statuette).

Plâtre original, teinté.

Haut., 80 cent.

24 — *Les Trois Grâces* (groupe).

Très belle épreuve, revue par Carpeaux, pour servir à la fonte du modèle en bronze.

Haut., 84 cent.

25 — *Les Trois Grâces* (groupe).

Modèle en bronze.

Haut., 84 cent.

26 — *Vénus captivant l'Amour* (groupe).
Plâtre original.

Haut., 45 cent.

27 — *Ève après la faute* (statuette).
Plâtre original.

Haut., 38 cent.

28 — *S. M. l'Impératrice protégeant les Or-*
phelins et les Arts (groupe allégorique).
Plâtre original.

Haut., 50 cent.

29 — *Bacchante aux lauriers* (buste).
Plâtre original.

Haut., 65 cent.

30 — *Espiègle* (buste).
Modèle en bronze.

Haut., 53 cent.

31 — *Bacchante aux vignes* (buste).
Plâtre original.

Haut., 60 cent.

32 — *La Fiancée* (buste).
Plâtre original.

Haut., 66 cent.

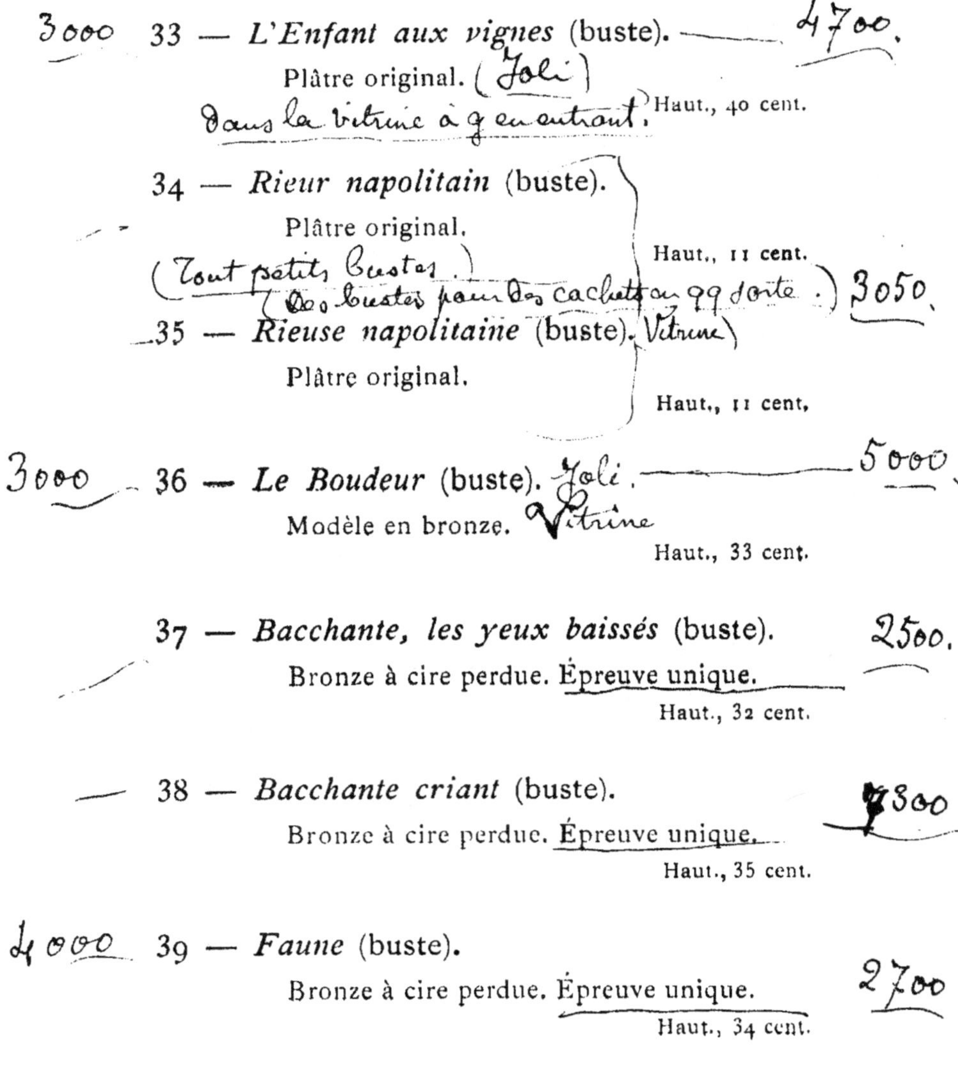

33 — *L'Enfant aux vignes* (buste).
Plâtre original.
Haut., 40 cent.

34 — *Rieur napolitain* (buste).
Plâtre original.
Haut., 11 cent.

35 — *Rieuse napolitaine* (buste).
Plâtre original.
Haut., 11 cent,

36 — *Le Boudeur* (buste).
Modèle en bronze.
Haut., 33 cent.

37 — *Bacchante, les yeux baissés* (buste).
Bronze à cire perdue. Épreuve unique.
Haut., 32 cent.

38 — *Bacchante criant* (buste).
Bronze à cire perdue. Épreuve unique.
Haut., 35 cent.

39 — *Faune* (buste).
Bronze à cire perdue. Épreuve unique.
Haut., 34 cent.

7000

40 — La Candeur (buste). (*Beau.*) *14000*

Plâtre orignal.

Haut., 68 cent.

6000

41 — Chinois (buste). *27000*

Plâtre original.

Étude pour la figure de l'*Asie*, de la fontaine du Luxembourg.

Haut., 67 cent.

6000

42 — Négresse (buste). *5700*

Plâtre original.

Étude pour la figure de l'*Afrique*, de la fontaine du Luxembourg.

Haut., 64 cent.

43 — Buste de Jeune Femme. *8100.*

Plâtre orignal,

Haut., 35 cent.

44 — Portrait d'un Jeune Homme (buste). *1050.*

Plâtre original.

Haut., 70 cent.

4000

45 — Portrait de La Palombelle. *1650*

Plâtre original.

Haut., 70 cent.

46 — *Portrait de M. Édouard André* (buste).

Plâtre original.

Haut., 68 cent.

47 — *Portrait de Bruno Chérier* (buste).

Plâtre original.

Haut., 62 cent.

48 — *Mater Dolorosa* (buste).

Plâtre original.

Haut., 72 cent.

49 — *Portrait du peintre Eugène Giraud* (buste).

Plâtre original.

Haut., 65 cent.

50 — *Portrait d'une Princesse russe* (buste).

Plâtre original.

Haut., 60 cent.

51 — *Portrait de S. M. l'Impératrice Eugénie* (buste).

Epreuve terre cuite patinée.

Haut., 37 cent.

52 — *Portrait du Marquis de La Valette* (buste).

Plâtre original.

Haut., 80 cent.

1150.

53 — *Portrait de Mademoiselle Benedetti* (buste).

Plâtre original.

Haut., 58 cent.

1600.

54 — *Portrait de S. M. Napoléon III* (buste).

Terre cuite originale.

Haut., 52 cent.

4900

55 — *Portrait de S. A. le Prince Impéria' en grenadier.*

Plâtre original.

Haut., 61 cent.

4700

56 — *Portrait de Madame Turner* (buste).

Plâtre original.

Haut., 82 cent.

3000

57 — *Portrait de M. Turner* (buste).

Plâtre original.

Haut., 60 cent.

1300.

58 — *Portrait de M. Jules Grévy* (buste).

Plâtre original.

Haut., 65 cent.

1350

59 — *Portrait de l'amiral Tréhouart* (buste).
Plâtre original.

Haut., 80 cent.

60 — *Portrait de S. A. la Princesse Mathilde* (buste).
Plâtre original.

Haut., 40 cent.

61 — *Décoration du pavillon de Flore* (fronton).
La France éclairant le monde et protégeant l'Agriculture et la Science. Trois bronzes.
Épreuve unique.

Haut., 38 cent.

62 — *Encrier* (composition décorative).
Modèle en bronze.

63 — *Panneau décoratif* (fleurs, fruits, animaux).
Pièce unique, épreuve en plâtre.

Haut., 2 m. 50 cent.

Milieu
de la Salle   **24**   Les Trois Graces   Groupe plâtre.

25   Les Trois Graces Groupe modèle en bronze.

6   Amour blessé. Statue modèle bronze.

67   3 pièces Pavillon de Flore. Décoration de fronton
La France éclairant le monde et protégeant l'Agriculture et la Science
                             3 Bronzes. Épreuve unique

Dessins et Tableaux.

Verre d'eau fleurs Roses blanches (à sch) Tableau.
a figuré à l'Exposition

Dessins.
Les Dessins et tableaux ne seraient pas vendus. Ils ne
portent pas de numéros.